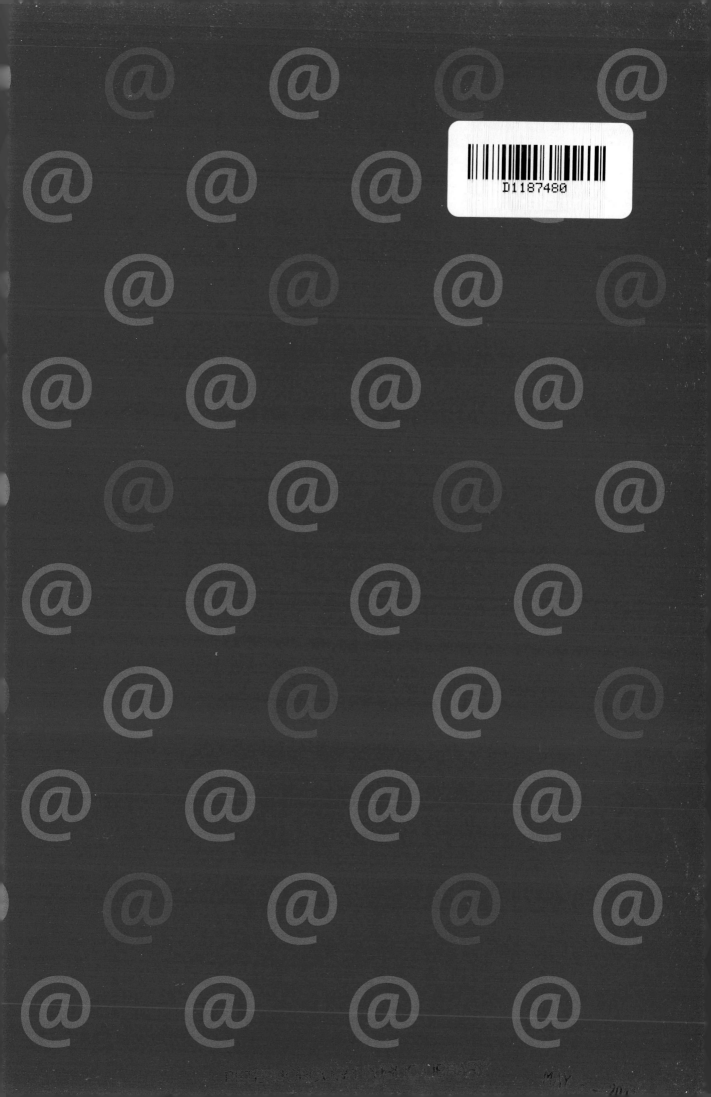

D1187480

Curieux de savoir
AVEC LIENS INTERNET

Table des matières

À quelle famille d'oiseaux appartient la bernache?

La bernache appartient à la famille des Anatidés. Cette famille regroupe les oiseaux aquatiques qui possèdent des pattes courtes et **palmées** ainsi qu'un bec généralement aplati. L'oie, le canard et le cygne en font aussi partie. @

- Doit-on dire *bernache* ou *outarde*? @

- Existe-t-il différentes sortes de bernaches? @

- Où habite la bernache? @

- Jusqu'à quel âge la bernache peut-elle vivre? @

palmées: les doigts des pattes palmées sont réunis par une membrane.

Chaque année, entre septembre et novembre, les bernaches descendent vers le sud. C'est le premier grand voyage des jeunes qui sont nés durant l'été. L'histoire que tu vas lire dans les pages suivantes démontre le courage qui caractérise ces oiseaux.

L'exploit de Nika

Conte de Michel Noël
Illustré par Claude Thivierge

C'est l'automne mais, au nord,
l'hiver est déjà dans l'air.
Kokoumis, la grand-mère **outarde**,
annonce :
— Il est temps de nous préparer
pour la grande **migration** !

outarde :
au Québec, *outarde* est le nom populaire
qu'on donne à la Bernache du Canada.

migration :
le déplacement des animaux qui changent
de territoire pour se nourrir ou se reproduire
est appelé migration.

Les outardes ont hâte de retrouver
les marais verts et le soleil chaud.
Kokoumis ajoute de sa voix rauque :
— Nous partirons au lever du jour.
— Pas moi !

Tous les becs se tournent vers Nika,
une jeune outarde du printemps.
Fière de l'effet qu'elle a provoqué,
Nika explique :
— Vous pouvez partir vers le sud
si vous voulez. Je préfère rester ici.
Les queues s'agitent comme des plumeaux.
— Brrr ! Le froid ! La neige ! La glace !

Kokoumis demande :
— Que mangeras-tu
quand la **toundra** sera gelée ?

toundra :
la toundra est une région du nord
où la végétation se compose de mousse,
de lichens et de quelques arbrisseaux.

6

— J'ai des amis.
— Qui donc?
— Harfang des neiges et Ours polaire.
— Ces deux coquins ne penseront
qu'à te dévorer, vivante ou gelée!
Mais Nika est têtue. Kokoumis sait
qu'elle ne changera pas d'idée.

Le lendemain matin, les cris
de rassemblement résonnent.
On se croirait dans une cour d'école,
durant la récréation.
Kokoumis s'élance. Elle effleure l'eau
de ses pattes et monte. Derrière elle,
l'**escadrille** décolle au grand complet
dans un vacarme assourdissant.

escadrille :
une escadrille est un groupe d'avions militaires
qui volent ensemble.

Nika observe le voilier d'outardes
qui s'éloigne, en dessinant
un grand V dans le ciel.
La petite est **troublée** par le silence
qui prend maintenant toute la place.
— Je vais nager, décide-t-elle.
Ça me changera les idées.

troublée :
une personne est troublée quand elle est inquiète
et qu'elle perd son assurance.

Mine de rien, le vent se lève.
Il se charge **sournoisement** de flocons
de neige mouillée. C'est la tempête !
Nika tremble de froid.
Elle réalise soudain
qu'elle est en danger.
— Il faut que je rejoigne les autres,
se dit-elle.

sournoisement :
agir sournoisement signifie agir de manière
hypocrite.

Alors que Nika s'apprête à s'envoler,
le vent l'attrape et la plaque au sol.
Son bec frappe durement les **galets**.
Elle court se mettre à l'abri
entre deux pierres.
Toute grelottante, la petite outarde
cache sa tête sous son aile.

galets :
les galets sont des cailloux que l'eau de la mer
ou des rivières a polis et arrondis.

Pendant ce temps, Kokoumis
et ses compagnes filent,
portées par le vent.
À la fin du jour, elles amerrissent
au **cap Tourmente**, sur la rive nord
du grand fleuve Saint-Laurent.
Aussitôt, Kokoumis annonce :
— Je retourne chercher Nika.

cap Tourmente :
le cap Tourmente est situé à 50 kilomètres au nord-est
de la ville de Québec. Les oiseaux et les animaux sauvages
y sont protégés.

Pendant qu'elle **cingle** vers le nord,
la vieille outarde entend des battements
d'ailes dans son dos. Elle tourne la tête
et aperçoit Minadis, Miskomin, Wabicon
et Midwiyash.
Ses amies ont flairé le danger qui guette
la petite outarde têtue.
Elles ont décidé de voler elles aussi
à son secours.

cingle :
quand on fait voile en direction d'un point précis,
on dit qu'on cingle vers cet endroit.

Au matin, les cinq outardes survolent
la toundra. Elle **cacardent** à l'unisson :
— Nika ! Où es-tu ?
Une trouée entre deux bourrasques
leur permet de plonger vers le sol.
— Nika ! Nika !
Du fond de son abri, Nika gémit :
— Ici... Je suis ici !

cacardent :
quand les outardes poussent leurs cris,
on dit qu'elles cacardent.

Kokoumis et ses amies retrouvent
enfin la petite. Elles la réconfortent
en la serrant contre leur **duvet** chaud.
— Ça va? s'inquiètent-elles.
— Oui, maintenant, ça va.
— Alors suis-nous.
Kokoumis s'élance.
Les autres la suivent.

duvet:
le duvet se compose des petites plumes qui couvrent
le ventre des oiseaux adultes.

Les outardes luttent courageusement
contre le vent. Elles finissent
par traverser la tempête.
Légère comme une plume,
Nika glisse dans le sillage
de ses compagnes.
Elles se relaient à tour de rôle
à la tête de la colonne.

Tout à coup, Nika se retrouve
la première de la volée.
La petite hésite et perd l'équilibre.
Ouf! Elle se redresse, le cou allongé,
les ailes largement déployées.
Kokoumis ordonne :
— Amerrissons!
— Où? se demande Nika.
Son cœur bat très fort.

Au pied du cap Tourmente,
les outardes voient venir la volée.
Elles s'écartent pour dégager
un grand cercle dans l'eau.
Nika fonce tête première.
Elle **se cambre**
et tend ses pattes palmées
pour amortir le coup.

se cambre :
quand elle se cambre, l'outarde se redresse
en gonflant sa poitrine.

SPLASH ! La petite se pose,
suivie des autres, en éclaboussant
le reste du troupeau.
C'est la fête au grand cap.
Fière de son exploit,
Nika, la petite outarde têtue,
souffle à l'oreille de Kokoumis :
« Merci, grand-maman ! »

Ouvre l'œil !

La Bernache du Canada est la plus grande de toutes les bernaches. @

1 La tête

Sa tête est noire. Sa gorge et ses joues sont blanches.

2 Le bec

Son bec est noir et arrondi à l'extrémité.

3 Les yeux

Ses yeux sont noirs.

4 Le cou

Son long cou noir est très souple.

5 Le dos

Son dos est brun gris avec des rayures plus claires.

6 La queue

Les plumes de sa queue sont noires.

8 Le ventre

Son ventre est blanc.

10 Les ailes

Ses grandes ailes sont brunes.

9 Les pattes

Ses pattes sont noires et palmées.

7 Le croupion

Son croupion est blanc.

Ouvre l'œil ! (suite)

La bernache contrôle la température
de son corps grâce à ses plumes.
Quand elle **mue**, elle ne peut plus voler.
Mais elle est capable de courir
sur de longues distances et même
plus vite que toi ! @

mue :
on dit que la bernache mue quand
elle perd ses plumes et qu'elles sont
remplacées par des nouvelles.

**Ses pattes sont
placées au milieu
de son corps.**
C'est ce qui lui permet de
se déplacer facilement
sur la terre ferme.

D'un coup d'aile, une bernache
peut blesser un être humain.
Chez les plus grandes bernaches,
les ailes atteignent une **envergure**
de deux mètres.
Elles sont très puissantes.

envergure :
l'envergure est la distance qui sépare
le bout des ailes ouvertes d'un oiseau.

**Le mâle et la femelle
ont la même apparence.**
Mais ils n'ont pas le même poids.
C'est le mâle qui est le plus lourd.

La bernache est herbivore.
Durant l'été, elle mange surtout
de jeunes pousses de plantes,
des graines et des fruits sauvages.

Elle adore les grains de maïs et de blé.
À l'automne, les bernaches s'arrêtent
souvent dans les champs pour **picorer**
les grains tombés au sol.

picorer :
saisir de la nourriture avec le bec
en parlant des oiseaux.

La migration

Au printemps, des milliers de bernaches arrivent
de la côte est des États-Unis où elles ont passé l'hiver.
Dès la fin du mois de mars, elles traversent le ciel du Québec en cacardant
et s'arrêtent dans la vallée du Saint-Laurent jusqu'à la mi-mai. @

À mesure que la glace fond sur les lacs,
les bernaches remontent lentement vers le nord.
Elles volent le jour et la nuit à une hauteur qui varie entre 200
et 1000 mètres. Leur vitesse moyenne est de 60 kilomètres
à l'heure. Mais, avec un bon vent arrière, elles peuvent parcourir
100 kilomètres en une heure ! @

Leur voyage se termine dans la forêt boréale **ou la toundra.**
C'est là qu'elles s'installent pour construire leur nid. @

forêt boréale :
la forêt boréale est constituée
de conifères et d'arbres à feuilles.

À l'automne, la migration s'effectue entre septembre et novembre. Les **voiliers** de bernaches sont composés de plusieurs familles. Les jeunes nés durant l'été accompagnent leurs parents. Le chef de file est habituellement un adulte expérimenté. @

voiliers :
au Québec, les bandes d'oiseaux qui volent ensemble sont appelées *voiliers*.

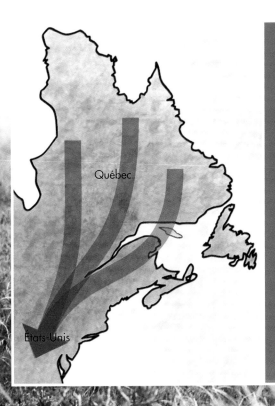

Québec

États-Unis

Le voyage vers le sud s'effectue plus rapidement qu'au printemps.
En moins d'une semaine, certaines bernaches parcourent plus de 1000 kilomètres pour se rendre à l'endroit où elles passeront l'hiver. @

Le cou de la bernache en dit long sur ses intentions.
Dans une bande de bernaches, les sentinelles
dressent le cou et font le guet pendant que les autres
mangent ou font leur toilette. Quand elle est fâchée,
la bernache replie son cou et l'étire vers l'avant.
Quand elle veut montrer sa soumission,
elle baisse la tête. @

Les Bernaches du Canada
communiquent entre elles
grâce à un répertoire d'environ
13 cris différents.
Le cri du mâle est grave.
Il ressemble à un aboiement :
a-honk… Celui de la femelle est
plus aigu : *hink…*
Les bébés communiquent
avec leurs parents quand ils sont
encore dans l'œuf. @

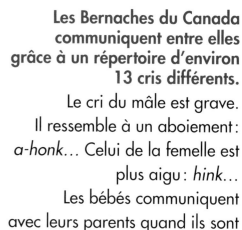

Les bernaches volent en V
pour économiser de l'énergie.
Les ailes des bernaches qui volent
en tête produisent des courants d'air
qui permettent aux autres bernaches
de voler en faisant moins d'efforts. @

Pendant l'été, la bernache peut passer
jusqu'à 12 heures par jour à se nourrir.
Elle doit consommer beaucoup de nourriture
en prévision de la migration. Le reste du temps,
elle se baigne, lisse ses plumes et se repose. @

Quand les bernaches arrivent dans le nord
du Québec, les enfants amérindiens
accompagnent leurs parents à la chasse.
L'école est fermée pour une semaine.
C'est le « congé des outardes ». @

Amérindiens :
Le terme *Amérindiens* désigne tous les Indiens des Amériques,
à l'exception des Inuits. Les Cris, les Innus et les Naskapis
habitent dans le nord du Québec.

En famille

La bernache est **monogame.**
Les couples qui se forment
vivent ensemble pour la vie.

monogame:
quand un animal est monogame,
il choisit un seul partenaire
avec lequel il vit en couple.

**La majorité des bernaches
construisent leur premier nid
vers l'âge de 2 ou 3 ans.**
Elles choisissent un léger creux
dans le sol et le recouvrent de
petites branches ou de végétaux.
Elles se servent ensuite de
leur **duvet** pour le tapisser. @

duvet:
on appelle *duvet* l'ensemble des plumes légères
des oisillons.

La femelle pond 4 à 6 œufs.
Elle les couve toute seule
pendant 25 à 28 jours.
Pendant ce temps,
le mâle monte
la garde. @

Les petits naissent tous
en même temps.
Ils sont recouverts d'un duvet
jaune et brun qui devient plus foncé
au cours des semaines suivantes.

Peu de temps après l'éclosion, les bébés nagent déjà.
Ils suivent les adultes dans les environs et commencent
à manger avec eux. @

Les jeunes demeurent avec leurs parents
durant toute l'année qui suit leur naissance.
Ils font leur premier vol à l'âge
de 60 jours environ.

1 Sur laquelle de ces deux photos
reconnais-tu le nid de la bernache?

2 La photo de cette bernache a été modifiée.
Sers-toi de ce que tu as appris dans ce livre pour trouver
les cinq changements qu'on y a apportés.

Réponses : **1 •** La photo A.
2 • Pas de tache blanche sur la joue, collier blanc, œil jaune, queue trop longue, pattes orange.

3

Dans cette bande de bernaches, combien comptes-tu de sentinelles ?

4

Un de ces oiseaux n'appartient pas à la famille des Anatidés. Lequel ?

Vérifie ce que tu as retenu

Réponds par VRAI ou FAUX aux affirmations suivantes.

(Sers-toi du numéro de page indiqué pour vérifier ta réponse.)

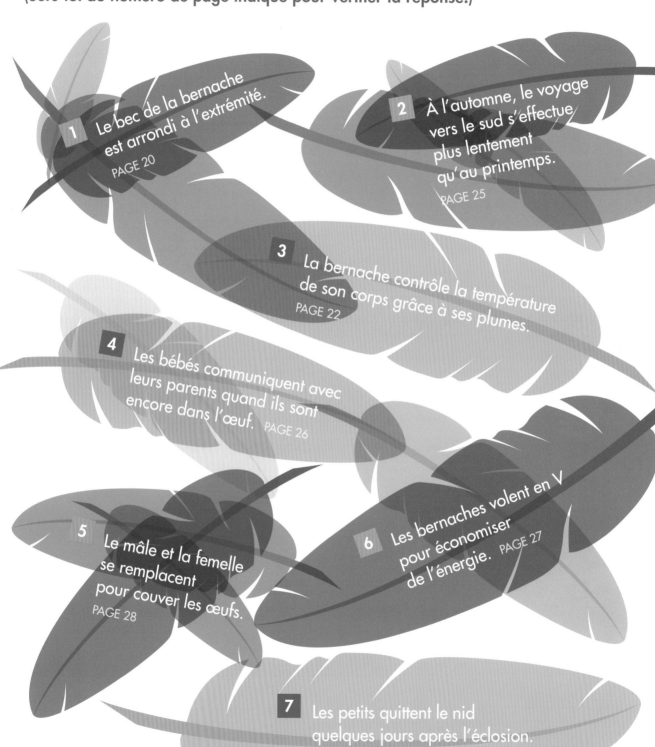

1 Le bec de la bernache est arrondi à l'extrémité. PAGE 20

2 À l'automne, le voyage vers le sud s'effectue plus lentement qu'au printemps. PAGE 25

3 La bernache contrôle la température de son corps grâce à ses plumes. PAGE 22

4 Les bébés communiquent avec leurs parents quand ils sont encore dans l'œuf. PAGE 26

5 Le mâle et la femelle se remplacent pour couver les œufs. PAGE 28

6 Les bernaches volent en V pour économiser de l'énergie. PAGE 27

7 Les petits quittent le nid quelques jours après l'éclosion. PAGE 29

Catalogage avant publication de Bibliothèque et Archives Canada

Roberge, Sylvie

La bernache

(Curieux de savoir : avec liens Internet)
Comprend un index.
Sommaire : L'exploit de Nika / texte de Michel Noël.
Pour enfants de 6 ans et plus.

ISBN 978-2-89512-568-6

1. Bernaches – Ouvrages pour la jeunesse. 2. Bernaches – Romans, nouvelles, etc. pour la jeunesse. I. Thivierge, Claude. II. Noël, Michel, 1944-   . Exploit de Nika. III. Titre. IV. Collection : Curieux de savoir.

QL696.A52R62 2007   j598.4'178   C2006-942259-1

Recherche documentaire : Jean Paquin

Direction artistique, recherche et texte documentaire, liens Internet : Sylvie Roberge

Direction artistique de la couverture : Marie-Josée Legault

Graphisme et mise en pages : Dominique Simard

Illustration du conte, de la page 1 de couverture, dessins de la table des matières et des pages 1, 2, 20, 21, 24, 25 (haut), 26 : Claude Thivierge

Dessins des pages 25 (bas), 30 (bas), 31 (haut) : Guillaume Blanchet

Photographies :

© Richard Cotter : page 24, 28 (milieu), 29, 30 (haut à gauche)

© Nancy Bourgeois : page 27 (bas)

© Sylvie Roberge : page 22, 23, 26, 27 (haut), 27 (milieu), 30 (haut à droite), 31 (bas)

© Claude Thivierge : page 1 de couverture, 28 (bas)

© Zoo sauvage de Saint-Félicien : page 28 (haut)

Révision et correction : Corinne Kraschewski

Nous remercions le Conseil des Arts du Canada de l'aide accordée à notre programme de publication.

Nous reconnaissons l'aide financière du gouvernement du Canada par l'entremise du Programme d'aide au développement de l'industrie de l'édition (PADIÉ) pour nos activités d'édition.

Nous reconnaissons l'aide financière du gouvernement du Québec par l'entremise du Programme de crédit d'impôt pour l'édition de livres – SODEC – et du Programme d'aide aux entreprises du livre et de l'édition spécialisée.

© Les Éditions Héritage inc. 2007
Tous droits réservés
Dépôt légal : 2e trimestre 2007
Bibliothèque et Archives du Québec
Bibliothèque nationale du Canada

Dominique et compagnie
300, rue Arran, Saint-Lambert (Québec) J4R 1K5
Téléphone : 514 875-0327 ; Télécopieur : 450 672-5448
Courriel : dominiqueetcompagnie@editionsheritage.com

Imprimé en Chine
10 9 8 7 6 5 4 3 2 1

Curieux de savoir

AVEC LIENS INTERNET offre une foule d'informations aux enfants curieux. Le signe @ t'invite à visiter la page **www.dominiqueetcompagnie.com/pedagogie** afin d'en savoir plus sur les sujets qui t'intéressent.